歌集

胸像

髙山葉月

青磁社

胸像＊目次

歌集 胸像

胸像

白百合になれないけれど聖水で十字架をきる日曜の朝

土を捏ね愛する人の胸像を創るようなり愛することは

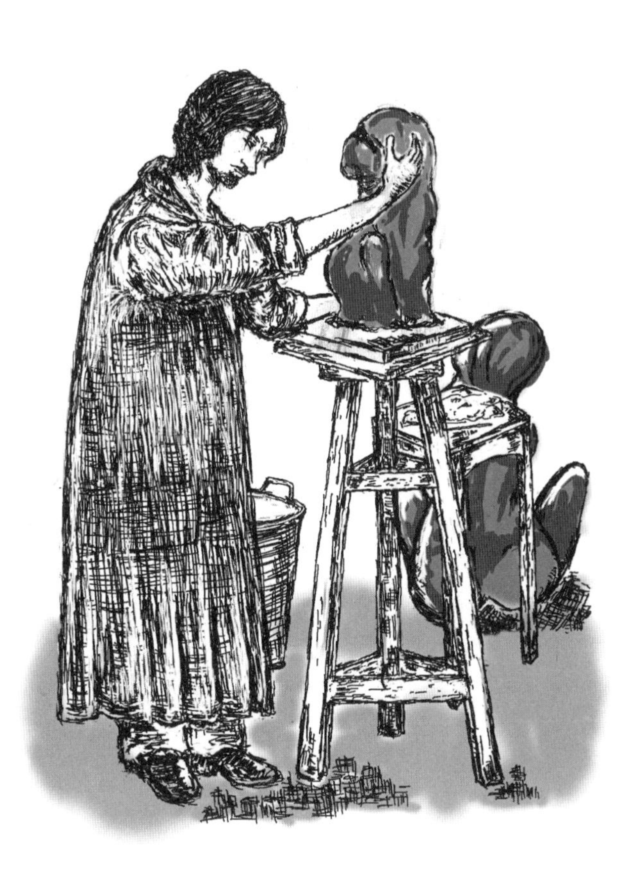

私の胸像創りたる人のアトリエにある他の胸像

さりさりと清姫のごと蛇と化す感覚を知る私の身体

静脈の模様の大理石ならば鑿(のみ)でざっくり傷つけていい

どの角度からも見えない「接吻」が美しきことロダンは知りぬ

抱擁のために捻じった背の螺旋　天まで届く階段となれ

私の内臓食らう蛆つきのトランジ像を免罪符にす

裸婦像は蹲りたり浮き上がる背骨に意志の強さを秘めて

月明り吸わせばワルツ踊り出す彫刻の影そより佇む

心臓のあたりを篦（へら）で削りとり翡翠の石を埋めたくなる夜

駒鳥の卵の色の小箱なら入れてもいいよ我の心臓

完成をすることはない眼裏に君の胸像創り続ける

石膏で固められたら私は鵺(ぬえ)の形をしているでしょう

死後土に還るのならば君の手で激しく捏ねよ我を再び

亜爾然丁

遡上する魚のように時間軸さかのぼりゆく亜爾然丁(アルゼンチン)へ

百反の絹を降らせばジャカランダ色に染まりぬ十月の春

Buenos Aires

タクシーのフロントミラーにかけられたロザリオ揺れる石畳道

デモ隊が大統領府を目指すなか祭りのような太鼓のリズム

自転車を河馬がこいでる壁画前通り過ぎれば暫しの住処

安宿の薄き壁から聞こえくる夫婦喧嘩が今日も始まる

突然の断水もありシャンプーの泡つけたまま読む『みだれ髪』

目覚ましにマテ茶濃くする日曜のコリエンテス通りは静か

手動式エレベーターに慣れるころ挨拶のキス上手く交わせる

少年が赤信号を待つ人にジャグリングして稼ぐ一ペソ

放たれた四つのボール我は今　放物線の天辺あたり

大蒜の束を担いで売り歩く青年の声残る夜の耳

約束の期日守らぬ仕立て屋の毎度の嘘も縫われたスーツ

東洋の我の血となれ肉となれ牛の血のソーセージをこそぐ

地下鉄に乗れば無言で鉛筆を膝に置きくるおさげの少女

鉛筆と引き換えに出す掌の硬貨に添える黄金糖を

こちらではご馳走となる日本より持ち込みたりしU.F.O.三つ

この国の西瓜は楕円形をして類円形の西瓜の私

イグアスの滝の畔で瑠璃色の蝶が止まり木とせん我が腕

蝶さえも人懐っこいこの地ではクロワッサンを三日月と呼ぶ

怖々と悪魔の喉笛見下ろせば落ちてゆきたき衝動もあり

太陽の口づけのあと両肩にタンクトップの白い紐痕

天空の都市恋しかり「マチュピチュ」と囀る鳥にパン屑砕く

磨かれた銀のフォークに絡ませる「天使の髪」という名のパスタ

驢馬のごと餌の在処を忘れない脳みそ持てと牧童（ガウチョ）は言えり

Tシャツに尾崎豊と書かれおり豊が曲と豆に分かれて

鉄格子越しに水買う日常のブエノスアイレス午前零時は

*トロイロの墓に供えしアルストロメリアが朽ちる頃にさよなら（アディオス）

＊一九三〇年代から活躍したバンドネオン奏者。

割れぬよう手荷物にするレコードを赤子のように胸に抱えて

機上よりタンゴの街を見下ろせば光の川が夜を流れる

アルゼンチンタンゴ

ずんずんとタンゴの速さで沈みゆく夕陽はやがて祖国を照らす

パーソナルスペース四十五センチに受け入れること恐れるなかれ

九センチヒールに支配されぬようタンゴシューズを支配する足

いかに間(ま)を楽しませるか言葉無き駆け引きをして踊らんタンゴ

スカートの深きスリット切り裂いて鞭という名の足技しなる

柔らかく男の背中踏むごとく床を踏みこむ熱めきたつ脚

選ばれし者達だけが操れる悪魔の楽器バンドネオンを

迫りくるバンドネオンに酔い痴れて夜気に打たれて我に戻らん

砂の声震わせ歌う歌手の手に握られている魂の尻尾

うつしみを抜け出して観る技持てり舞台人なる種の人間は

薔薇色の道となるまで踊り込む棘(いばら)の道で傷つきながら

花束を潰さぬ強さで抱きしめて抱きしめられてタンゴを踊る

「恋人が妬かぬタンゴを踊るな」と教えられたりサラテの一夜

吾(あ)の内のバイソンを解き放ちたる媚薬よズブロッカをふふむ

三日月を頬張りましょう明け方に踊り疲れた足を休めて

威勢良きタンゴのポーズ描かれて日亜修好百周年切手

母の庭

チューリップのような母と春蘭のような父との娘(こ)は春が好き

和音にはなれないけれど倚音にはなれる少女の下校は一人

中指に祖母の形見の猫目石光らせ我と手をつなぐ母

若き母〈小さき花のテレジア〉の洗礼名を我に選びぬ

「悪いことしていません」と七歳の児は告白す〈ゆるしの秘跡〉

クレマチス三色菫ジキタリスブルーカーペット母の庭燃ゆ

五分咲きの「モニカ」は蛆に喰われつつ恍惚として咲き続けおり

父の磨る墨の香りに包まれてソファ陣取る保護犬二匹

眼を病みし母のピアノの「アルプスの夕映え」の音が乱反射せり

郵便夫がバージンロード歩くごと散りし牡丹の花びら踏み来

ローダンセ

五十年前と変わらぬ制服で襟に触れてはならぬおかっぱ

出席簿の角で頭を叩かれた記憶だけある化学の授業

それからは親友となる赤色の折り畳み傘貸してくれた子

「ベン・ハー」を真似て絡めた腕のままコカ・コーラを酌み交わしたり

解けぬようきつく結びしお太鼓に団扇挿し合う天神祭り

終わりなき友情という花言葉持つローダンセ咲く我らには

一・一七

神様がマルガリータを作るごと縦に振られた家具も私も

いくつものボトルが割れてウィスキーの香りにむせる十八の冬

足裏を割れたガラスで切りしこと気づかぬままに廊下を歩く

血だらけの廊下を誰も気にしないマグニチュード七・三は

炎立ちあちらこちらで家が燃え無力な我は屋上にいる

七日後に思い出したる誕生日　一・一七はそうだ私の

巡りくる我が誕生日午前五時四十六分黙禱の時間(とき)

ポアント

憧れは白鳥姫より黒鳥の王子をだます悪魔の娘

私のサンチョパンサはマグカップ九十九里町新天地とし

バレリーナ四人が暮らす六畳の部屋に関西弁はウチだけ

シニヨンに髪を結う朝一本の後れ毛さえも落とさぬように

ポアントのサテンのリボン巻き上げるバレリーナの眼差し冴える

マズルカを踊らすように浜風が乾かしてゆく黒レオタード

ポアントで立つ足首をはたかれて揺らがない軸細くなりゆく

スカートを腿までたぐりあげ波に肉刺の潰れた足を舐(ねぶ)らす

人づてに恩師の訃報聞いた夜は恩師のレシピで餃子を包む

ほらこれが餃子の焼き方包み方と教えてくれた嫋やかな指

ポアントで立った分だけ天国に近づいた気がするよ、先生

土塊を蹴る爪先に蘇るポアントを履き鳥となりし日

化粧

花に棲む小人のように柔らかなシーツに包まる朝（あした）の裸体

目覚ましが鳴る前に目が覚めた日のカレンダーには花マルが咲く

乳液は菩薩のように掌を優しいカーブにして受け止める

あの事をなかったことにできますかコンシーラーを厚く塗り込む

眉山の位置が肝心だと姉が教えてくれた三日月の眉

ハイライト入れて凹凸だしている平たい顔の民族だから

新しい口紅おろす瞬間の胸の高鳴りあの頃のまま

手の甲に余分な粉を撫で落とすチークブラシの山羊は優しい

腕時計の裏に刻んだ〈ETERNO（永遠）〉がひねもす我に張りついている

動物の名前が入った色だから温かそうと選んだニット

ミッションを終えたスパイがマスク剝ぐように化粧を落とす洗顔

私がとろ火で崩れゆくまでのカウントダウン始まっている

半分のオレンジ

空中で翼を閉じる瞬間に雀は檸檬の形となりぬ

天上の青という名の朝顔が咲いてるようだ君の中には

なだらかなアダムの林檎に指這わせ君の存在そっと確かむ

半分のオレンジに合う半分のオレンジとなるための旅立ち

Media Naranja
Media Naranja

猿轡ゆるく結わえる盗人のような優しさなんか要らない

巻き髪をシュシュで束ねてキャベツ敷き挽かれた肉と心を包む

いくたびも予測外れて温める君のシチューは濃さを増しゆく

死際のカルメンを抱くホセのごと抱えられたりフラメンコギター

たとえば君　船首に我の像つけて出港をする勇気はあるか

ピラルクの尾

君を待つアマゾン館の片隅でピラルクの尾に煽がれており

刑務所の面会のごとシロワニという名の鮫と見つめ合ってる

強盗を犯してしまいそうな目で私を見てるガラスを隔て

黒髪の人魚の水槽あるだろう江戸川乱歩が館長ならば

Mermaid

ドラゴンの子供と信じられていたタツノオトシゴ空へと昇れ

半身を食いちぎられた形した翻車魚の原形を想えり

永遠に私が続く恐ろしさ死を許されぬ紅海月ゆらり

大海を忘れたふりをしてるだけ手なずけられて空飛ぶイルカ

夏空

夏空のように青々澄みきって高く抜けよと名付けた我が子

水平になるまで漕いだブランコに吾子を抱いて静かに揺れる

刈り上げた吾子の頭を撫でやれば手に蘇る柴犬のコロ

結界を張りめぐらせて母親を近寄らせない十五の君は

幼児期の吾子によく似たモンチッチの特大サイズを買い求めたり

わたくしは病んでいるかもしれませんモンチッチにも紅茶を淹れる

君みたく直線的な音をだすトランペットの金が眩しい

青年よ蛹の中で芋虫はどろりと溶ける蝶になるため

中学の卒業証書授与される吾子の背(そびら)の美しき張り

コンパスが回り続けているならば北極星を見つければいい

親も子も悪くはなくて思春期の不安定さはホルモンのせい

ディオールの紅いマニュキュア剝がし行く懇談会も最後となりぬ

懇談に行きし母校の中庭に我の顔持つトーテムポール

秋咲きの薔薇も過酷な夏を耐え濃い色となる思春期のあり

翻訳のできない光溢れ出す君の身体は木漏れ日を生む

オレンジを薔薇の形にカットして君にいいことありますように

虹色の唇

かかってもいない病に脅えてる疾病恐怖症の友待つ

約束の時間に友は現れずジャスミンティーの香はうすれゆく

出窓には友のくれたる人形が太陽光で動き続けたり

かの日より三年が経ち写真には歳をとらない友が微笑む

シューベルトの歌曲をかけて黄色から色鉛筆を尖らせてゆく

自殺せし友の代わりに命日はミュシャの塗り絵の一ページ塗る

白色を重ねてゆけば艶めきぬジャンヌダルクの纏う装束

虹色の唇だっていいじゃない贖罪として塗る色だから

レシートの山を整理すその中に友との最後のコーヒー二杯

姉の家

今日からはオーストラリア人となる姉と同じ血　脈打っており

砂時計ゆるりゆるりと落ちる地に生まれた人と姉は暮らせる

クッキーの缶を開ければエアメール姉の書く字は自信に満ちて

姉の家　人手にわたり軒下に洗濯物が多くたなびく

玄関の姉が育てたミニバラは抜かれずに咲く何も知らずに

甥っ子が置き去りにせし鯉のぼり泳いでおりぬ友のベランダ

生き生きとアルパカの世話する姉の日本で見せたことない笑顔

念願の永住権が認められ万歳をするラインスタンプ

クローゼット

ギタリストの爪弾く「さくら」冬なれどトレモロトレモロ花弁は散りぬ

その人の生き様が濃く現れるクローゼットの扉を開く

洋服を一枚買えば一枚を処分するらし巴里の女は

石鹸を下着ケースにしのばせる母の教えを今も守りぬ

風呂敷に包まれており吾子が着し村人役のバレエの衣装

誰よりも光らせたくて縫いつけたスパンコールの数だけのエゴ

村人を光らせた罪償って執行猶予中の私

果たせざる夢背負わせてハート型クッキー割れる真夏の夜に

豚革の鞄の中に牛革のクランチしまう獣よ我も

ときめくかときめかないか菫柄スカート揺らす鼻先に春

記念日に抜いたワインのコルクにはアルゼンチンの地図の焼き印

機関車がぷっすんぷっすん言う絵本それだけ残す子の子のために

身籠りて辞めた胡弓を売りにゆくその子二十歳（はたち）を迎える夏に

三日月が笑う角度で照らしくるエゴイストにも分け隔てなく

薄っすらと防虫剤に浮かびだす「おわり」のように死ぬんだ　きっと

埋火

紫陽花の数え方知る梅雨晴れに三朶（さんだ）の青を花瓶に挿しぬ

チョコレートの箱のマークを指なぞり馬に跨る裸婦を温む

ヤフオクで落札をしたレコードに男やもめの香り漂う

嬰児の顔の汚れを拭いとる強さで磨くレコードの黴

胞子吐くように嘘つく友の背に傾く青い三日月タトゥー

友の皮ぬるりと被りしたり顔隠して我に林檎を与う

木槌持ち火の見櫓の半鐘を過去の私にカンカン叩く

リュウグウノツカイにキスを我は今　放物線のどん底あたり

踏切の青いライトに照らされて緞帳下ろすCue(キュー)は出されず

毒林檎
食べた女は
強くなる
白雪姫は
闇夜に目覚む

七人の小人がいない私に「ハイ・ホー、ハイ・ホー」誰か歌って

埋火が燃え立たぬよう一塊のチーズを削る夜のしじまに

首の差で恋に敗れた歌のサビ繰り返してるレコードの傷

一分に三十三回転をして擦り切れてゆく黒い満月

花束で打（ぶ）たれたい日はピアソラを百万ボルトで身体に流す

「捨てる」から花占いを始めたり花びらの数七枚と知り

魔女狩りのように栄螺を火であぶり運命の女（ファムファタール）に憧れている

服脱げば蜻蛉のように前にしか進めぬ翅を背に隠し持つ

湯に溶ける入浴剤の金のラメ生命線の上で輝く

ミモザ王子

はにかんでミモザのブーケ持つ青年(ひと)に春風そよぐ三月八日

太陽の子供のような花だから日のよく当たる部屋に飾りぬ

白衣着しミモザ王子が働きぬ精肉店のコロッケ齧る

城崎にて

こうのとり二号にゆられ雪の降る境界線を君と探しぬ

魂を吸われんとして踏みしめる玄武洞に百舌が高鳴く

御朱印を書き認める住職の筆の運びに呼吸を合わす

空中に放り投げたるえびせんを掠め獲りゆく鳶の滑空

蟹タグを左手薬指に嵌め君と並びぬ一番札に

蛍火

落日を待つ畔道にぱっくりと背(そびら)の割れたヤゴの抜け殻

蛍呼ぶ呪(まじな)いのごと蟇鳴きしめやかに匂う夕暮れ

手首には蛍の首のような紐巻いたんだろう太宰と富江

ぬばたまの闇が蛍を着飾って恐れるものを優しく抱く

蛍火をともに数えて赦し合う小さな罪が光と消える

一匹の蛍が空へ昇りゆく夏の大三角が四角い

アマビエの鱗

氷魚となり確かめにゆくアマビエの鱗は涙色をしてるか

全身の力を抜けず屍となるポーズさえできない疫禍

固まっていたのは庭の土だけじゃなくてスコップ突き立てている

温かな訛りの強きレジ打ちの女(ひと)の出身宇和島と知る

レジ打ちが遅くてもいいあの女(ひと)の一番長い列に並びぬ

知らぬ間に閉店されていた店のウェイトレスであった私

絡まりし耶悉茗の蔦ばっさりと切れば光の当たる表札

さようなら赤い自転車十九年色んな私がペダルをこいだ

今はただ祈るしかない蝶々がラベンダーの蜜を吸うごと

永遠に辿り着けぬと知りながら虹のふもとに向かいて歩く

あとがき

私が短歌を詠み始めたきっかけとなったのは、高校時代からの親友である田村ふみ乃さんの第七回中城ふみ子賞受賞でした。ある日、彼女から中城ふみ子賞を受賞したと連絡を受けました。まだ短歌の世界に疎かった私は、その賞の重さを知らなかったのですが、親友の受賞が自分の事のように嬉しかったのは今でもよく覚えています。

彼女の受賞作品「ティーバッグの雨」は三十一文字に働く女性の心の揺らぎが巧みに表現された連作五十首で衝撃を受けました。私も詠んでみたい！表現したい！という想いがモクモクと湧き上がってきました。それからは無我夢中で短歌の本を読み、短歌を作り続けました。歌を作っていると、全ての経験は無駄ではなかったのだと思えるようになりました。

そして今では、短歌は私の生活の一部となっています。この度、歌集を刊行するにあたり、田村ふみ乃さんに選歌をお願いしました。短歌を詠うきっかけをくれた親友に選歌を引き受けてもらい感謝の気持ちでいっぱいです。

本のタイトルの『胸像』は二〇二一年に第八回近藤芳美賞を受賞した作品のタイトルにしました。彫刻家のカミーユ・クローデルとロダンに自身を重ねた「胸像」は、今後も生きていく中で私を律し、奮い立たせる作品となりました。本書には二〇一七〜二〇二一年に詠んだ、二一六首を納めています。この中の一首でも、どなたかの心に留まることができたら嬉しく思います。

歌集を編むという初めての経験にあたり、多くのアドバイスを頂いた青磁社の永田淳様、素晴らしい装画、挿絵の数々を描いて下さいました長友奈津子様、装幀家の仁井谷伴子様に心より御礼申し上げます。

最後になりましたが、日頃より私の活動を応援してくれる家族をはじめ、コロナ禍にも関わらず、スタジオに通って励まして下さるアルゼンチンタンゴの仲間達には、感謝の気持ちを言葉では言い尽くせません。皆の未来が輝かしくありますように願います。

二〇二一年秋

髙山　葉月

著者略歴

高山　葉月（たかやま　はづき）

一九七七年　兵庫県生まれ。
一九九七年　余バレエアカデミー　師範科修了。
一九九九年　アルゼンチンへ留学し、タンゴダンスを学ぶ。
二〇〇五年　アルゼンチンタンゴダンス世界選手権アジア大会ステージ部門チャンピオン
〃　アルゼンチンタンゴダンス世界選手権ステージ部門準チャンピオン
二〇一〇年　アルゼンチンタンゴダンス世界選手権アジア大会ピスタ部門チャンピオン
二〇一六年　作歌を始める。
二〇一九年　「化粧」により兵庫県短歌賞新人賞。
二〇二一年　「胸像」により第八回近藤芳美賞。

塔21世紀叢書第399篇

歌集　胸像

初版発行日　二〇二一年十二月四日
著　者　髙山葉月
kagurin@icloud.com
定　価　一八〇〇円
発行者　永田　淳
発行所　青磁社
京都市北区上賀茂豊田町四〇―一（〒六〇三―八〇四五）
電話　〇七五―七〇五―二八三八
振替　〇〇九四〇―二―一二四二二四
http://seijisya.com
装画・挿絵　長友奈津子
装　幀　仁井谷伴子
印刷・製本　創栄図書印刷

ISBN978-4-86198-524-9 C0092 ¥1800E